Complot
D'ANIMAUX

Mon royaume obscur

Mon royaume
obscur

Illustrations de

Susan Tan   Wendy Tan Shiau Wei

Texte français de
Isabelle Allard

■SCHOLASTIC

Pour les chiens de refuge et les humains qui les aiment.
— S. T.

Pour Lucky, tu es mon chéri!
— W. T. S. W.

Catalogage avant publication de Bibliothèque et Archives Canada

Titre: Mon royaume obscur / Susan Tan ; illustrations de Wendy Tan Shiau Wei ;
texte français d'Isabelle Allard.
Autres titres: My kingdom of darkness. Français
Noms: Tan, Susan, auteur. | Wei, Wendy Tan Shiau, illustrateur.
Description: Mention de collection:
Complot d'animaux ; 1 | Traduction de : My kingdom of darkness.
Identifiants: Canadiana 2022049665X | ISBN 9781039701717 (couverture souple)
Classification: LCC PZ23.T358 Mo 2023 | CDD j813/.6—dc23

Édition publiée par les Éditions Scholastic,
604, rue King Ouest, Toronto (Ontario) M5V 1E1, Canada.

5 4 3 2 1 Imprimé en Chine 62   23 24 25 26 27

Conception graphique de la couverture : Maria Mercado
Conception graphique du livre : Jaime Lucero

Table des matières

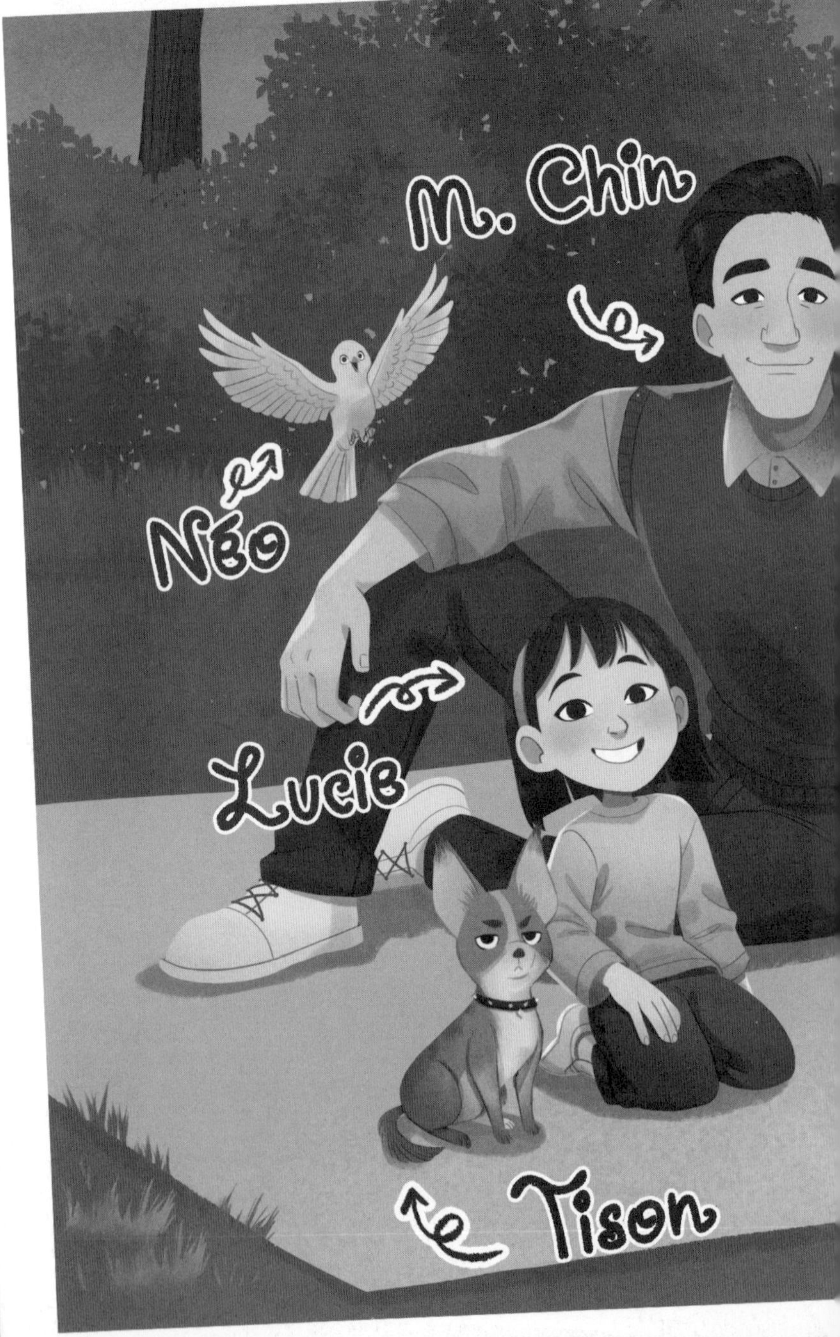
M. Chin
Néo
Lucie
Tison

Mme Chin

Kévin

Pat

La famille Chin

CHAPITRE 1

Enfin libre!

J'ai attendu une éternité.

Enfermé.

Je savais qu'un jour, la porte de ma prison s'ouvrirait. Et que je serais libre.

— Enfin! Tremblez tous devant moi! dis-je en aboyant.

Je regarde mon nouveau royaume. Des
étrangers m'entourent.

— Salutations, humains, dis-je. Craignez-
moi! Bientôt, ce royaume sera à moi.

Sauf que mes nouveaux humains ne
comprennent pas.

— Il est tellement petit! s'écrie le garçon coiffé
d'une casquette.

— Regardez ses petites oreilles! s'exclame la femme à lunettes.

— Inclinez-vous, pauvres gens, dis-je. Je suis votre futur souverain.

— Avez-vous entendu son petit jappement? ajoute le plus grand.

— Mon jappement n'est pas petit, dis-je. Il est MAGNIFIQUE et sera entendu dans tout ce royaume.

— Hoooon, dit le garçon.

Je comprends alors que ces humains ne sont pas très intelligents.

Sauf la plus petite.

— Il a beaucoup de choses à dire, remarque-t-elle.

C'est vrai.

Tu vois, je ne suis pas un chihuahua ordinaire.

J'ai un grand et terrible destin.

Un jour, je dominerai le monde. Ce ne sera pas facile. D'abord, je dois conquérir cette maison. Ces humains seront mes laquais. Ils feront tout ce que je leur dirai.

Une fois que je régnerai sur cette maison, je formerai mon armée d'animaux domestiques. Et ensuite, j'appliquerai mon plan funeste pour le reste du monde. *BOUAHAHAHAHAHAHAHA!*

Malheureusement, la *laisse* est TRÈS importante, ici.

C'est difficile de faire trembler mes laquais en la portant. Surtout lorsqu'elle est ornée de fleurs.

— Tu vas payer pour ça, dis-je au grand lors de notre première promenade.

— Tu es tellement mignon, répond-il.

— Je ne suis pas mignon! Je suis MÉCHANT. Mais il ne m'entend pas.

Après la promenade, mes laquais essaient

de me nourrir. Ce n'est pas à la hauteur de mes attentes.

Avant l'heure du coucher, la plus petite entre dans la cuisine et prend un dessin sur la porte du réfrigérateur. Elle s'assoit par terre près de moi.

— Voici ta nouvelle famille, petit chien. La famille Chin, dit-elle en me montrant le dessin. Je m'appelle Lucie. Je serai une géologue célèbre, un jour. Je vais étudier les roches et la terre. Et voici mon père, ma mère et mon frère Kévin.

— Parfait, dis-je. Vous serez mes laquais et je vous récompenserai d'être à mon service.

— Va te coucher, Lucie, dit M. Chin en entrant dans la cuisine.

— Est-ce qu'il peut venir dans ma chambre?
Je promets qu'il ne fera pas de bêtises.

— Non, Lucie, on en a déjà discuté. Pas de
chien sur les lits. Il va dormir ici.

— Écoute Lucie, laquais! dis-je en aboyant.
Sinon, tu vas le regretter.

— Tu vois? dit M. Chin en souriant. Il
commence déjà à s'habituer.

Je soupire et m'éloigne quand il essaie de me flatter.

Mais je laisse Lucie me gratter les oreilles.

— Désolée, petit chien, dit-elle. Bonne nuit. On se verra demain matin.

Elle ferme la porte de ma cage. M. Chin éteint la lumière et ils montent à l'étage.

Je reste seul dans ma nouvelle prison, dans cette cuisine sombre.

Mais je suis habitué à l'obscurité.

— Ce ne sera plus très long, dis-je aux ombres. Bientôt, je régnerai ici.

Je m'endors et rêve de mauvaises actions.
Je ne me sens pas seul ni effrayé du tout.

CHAPITRE 2

Coup de tonnerre et poubelles cruelles

Je me fais réveiller par un coup de tonnerre.

Je m'écrie :

— Un ouragan!

Mais ce n'est que le bruit de mes serviteurs qui descendent l'escalier.

— Je vais t'emmener te promener, dit Lucie en ouvrant la porte de ma prison. Je sais que tu n'aimes pas ta laisse. C'est juste pour te garder en sécurité.

— Merci de t'inquiéter pour moi. Mais je suis méchant. Je n'ai peur de rien.

Je ne proteste pas davantage, car la petite servante est gentille avec moi.

Même si je déteste la laisse, c'est agréable d'avoir Lucie près de moi. Dehors, de grosses créatures métalliques roulent à toute vitesse. Encore pire, d'énormes géants en plastique complotent *sûrement* quelque chose.

Je m'éloigne d'un de ces géants.

— N'aie pas peur, dit Lucie. C'est juste une poubelle.

— C'est ce qu'elles veulent que tu penses. Quand je régnerai sur ce quartier, les *poubelles* seront INTERDITES.

Puis nous rentrons. M. Chin fait griller du pain. Kévin et Mme Chin mangent leur déjeuner.

— Il faut lui trouver un nom, dit Lucie.

M. Chin lui donne une rôtie, qu'elle apporte à table.

— Excellente idée, dis-je. Je propose *Sombre Seigneur* ou *Souverain Suprême*.

— Le refuge ne lui a pas donné de nom? demande Kévin entre deux bouchées.

Je me tourne vers lui.

— Je t'avertis, laquais. Ne prononce pas ce nom épouvantable.

— Oui, mais c'est *horrible*, répond Lucie.

— Exactement, dis-je. Écoute la petite.

— Je trouve que c'est mignon, réplique Mme Chin.

— Non! dis-je, outré. Je suis le contraire de mignon. NE LE DITES PAS!

Mais je ne peux pas les empêcher.

— Au refuge, ils l'appelaient *Choupi*. C'est plutôt joli.

Je regarde M. Chin d'un air horrifié et me mets à hurler :

— NOOOOON!

Tu comprends certainement que le fait d'être appelé *Choupi* constitue un obstacle à mon destin, qui est de dominer le monde.

— Ça ne lui va pas du tout, lance Lucie en agitant sa tranche de pain. Regardez, il n'aime pas ça!

— On choisira un nom plus tard, dit Mme Chin. Vous devez aller à l'école.

Lucie termine son déjeuner. Elle se lève et prend son sac. Avant de partir, elle s'agenouille près de moi.

— Au revoir, petit chien, murmure-t-elle en grattant mon pelage.

Puis elle se penche pour chuchoter :

— Je te promets que je ne les laisserai pas t'appeler Choupi.

— Merci. Tu es ma servante préférée, dis-je tout bas.

Lucie, Kévin et Mme Chin partent vers la voiture.

— Je vais revenir te promener cet après-midi, déclare M. Chin.

Il installe une barrière pour bloquer la porte de la cuisine.

Je me retrouve de nouveau seul, enfermé dans une autre prison.

Tout seul.

Sauf...

— Pssst!

Je sursaute et me retourne. Il n'y a personne.

— Pssst!

Scriche scriche scriche.

— Qui est là?

Pas de réponse.

Soudain, les barreaux de ma prison avancent, comme s'ils étaient poussés par une main invisible.

Je me rapproche... et deux yeux géants me fixent.

CHAPITRE 3

Le roi rencontre ses sujets

Je recule en criant :

— Un monstre!

La créature passe par l'ouverture de la barrière. Elle se dirige droit sur moi. Une terrible odeur envahit la pièce.

Je trébuche et tombe. Quand je lève les yeux, je suis face à face avec la bête. Je vois deux yeux dans un tas de fourrure.

— Salut, dit le monstre. Je m'appelle Pat. As-tu de la nourriture?

— Qui... qui es-tu?

Je me lève et essaie de ne pas avoir l'air effrayé. Les créatures méchantes comme moi n'ont peur de personne.

— Je suis Pat, le hamster de Kévin. Les Chin ne t'ont rien dit? Il y a d'autres animaux domestiques, ici. On avait hâte de te rencontrer.

— Je ne suis pas un animal domestique, dis-je. Je suis le futur roi de cette maison. Le Sombre Seigneur qui va imposer ses règles...

— Super! J'aime les règles. Une fois, j'ai grugé la vieille règle de Kévin de son école primaire. Délicieux!

Cet animal n'est pas très intelligent, me dis-je. *Mais c'est PARFAIT. Il sera mon premier sujet!*

Mais je ne prononce pas ces mots à haute voix.

— Pas cette sorte de règle, dis-je. Ce que je veux dire, c'est que j'imposerai *mes règles* dans cette maison, et tu seras mon sujet. Donc, tu seras à mon service. Mais pendant que je régnerai, tu pourras mâchonner toutes les règles en bois que tu voudras.

— Merveilleux! s'écrie Pat.

— Et moi? lance une nouvelle voix.

Je lève les yeux et vois une silhouette jaune vif qui vole vers moi.

— AH! TOUS AU SOL! DES ENNEMIS ARRIVENT DU CIEL!

Je me jette par terre.

Pat ne bouge pas.

— Salut, Néo, dit-il.

La créature voltige vers le plancher. Elle semble bien plus petite maintenant qu'elle s'est posée.

— Salut! lance-t-elle. Je suis Néo, le canari. Mon nom vient de *néon*, parce que je suis brillante comme une lumière. Bienvenue chez nous.

Elle parle très vite.

— Hum, dis-je.

— Oui, ajoute Pat. Les Chin s'amusent avec les noms. Mon nom au complet est Pat Puant Chin.

Je cligne des yeux, soudain rempli d'angoisse.

Je vais peut-être m'appeler Choupi, finalement.

— Kévin m'a donné ce nom parce que ma cage pue.

Il baisse la voix comme pour me confier un secret :

— Et je sens plutôt mauvais, moi aussi.

— Bonjour! Je suis Bébé! lance une petite voix.

Je sursaute et me retourne. Il n'y a personne.

— Regarde ici, dit Néo en désignant son aile du bec.

Sur ses plumes se trouve un minuscule insecte noir.

— Je suis Bébé le scarabée, ajoute l'insecte

d'une petite voix. Heureuse de te rencontrer.

— Bébé vit dans la fougère de la chambre de M. et Mme Chin, explique Néo. Je l'ai emmenée pour qu'elle puisse te rencontrer.

— Une ESPIONNE, dis-je en sautillant d'excitation. Tu pourrais te faufiler n'importe où et personne ne te verrait!

Je gonfle la poitrine et regarde mes trois nouveaux sujets.

— Avec votre aide, je régnerai bientôt sur ce royaume. Et ensuite, sur tous les royaumes du monde.

Mes sujets ne semblent pas excités. Ils ont même l'air inquiets.

— Oh, oh, dit Bébé sur le dos de Néo.

— Écoute, le nouveau, déclare Néo. Tu peux bien régner sur notre maison, mais je dois te prévenir que quelqu'un règne déjà sur le quartier.

— Quelqu'un de *méchant*, précise Pat en frissonnant.

— *Qui?* dis-je. QUI A CE CULOT?

Néo répond à voix basse :

— On ferait mieux de te montrer.

CHAPITRE 4

Broyeur égale terreur

J'ai vu des choses horribles dans ma vie.

Des choses comme des poubelles.

Ou comme des gens en sarrau blanc qu'on appelle « vétérinaires ».

Mais je n'ai jamais rien vu d'aussi terrible que

ce que j'aperçois par la fenêtre.

Néo et Pat regardent avec moi. Leur expression est grave et effrayée.

— Le voilà, chuchote Pat.

Le plus gros et le plus menaçant écureuil que j'aie jamais vu est dans le jardin.

Ses dents sont tranchantes comme des rasoirs.

Sa queue semble capable d'abattre un arbre.

Ses yeux ont une lueur méchante.

Et il est entouré d'écureuils. Il y en a *partout*, sur toutes les branches.

— C'est le plus méchant écureuil du monde, murmure Pat.

— C'EST INACCEPTABLE! dis-je. *Je* suis le souverain de ce royaume!

— Chut, il va t'entendre, chuchote Pat en me tirant l'oreille de sa patte.

— Je m'en fiche!

— Chut, le nouveau, répète Pat. Tu ne sais pas de quoi Broyeur est capable. C'est un écureuil domestique. Son humain, Jimmy, est le garçon le plus méchant de la classe de Lucie.

— Jimmy est toujours sur le dos de Lucie, ajoute Néo. Il est *horrible*. Lucie est timide, et avec Jimmy qui vit près d'ici, c'est encore pire. Broyeur est aussi méchant que lui.

— Oui, il adore les glands et il n'y a pas beaucoup de chênes dans cette rue. Alors, il prend tous les glands et les met dans sa cachette secrète. Tous les animaux doivent lui apporter des glands, sinon...

Pat s'interrompt. Je lui demande :

— Sinon, quoi?

— Disons qu'il ne s'appelle pas Broyeur pour rien, répond Néo.

Comme s'il nous entendait, la queue de Broyeur se met à frapper rapidement sur le sol.

J'en ai assez vu.

— Je vais régler ça, dis-je. Ouvre la porte de notre royaume, Pat Puant.

— Non, le nouveau! Ne fais pas ça! supplie Néo.

— Aucun écureuil ne me fait peur, lui dis-je.

Ai-je peur? Bien sûr que oui.

Mais je vais régner sur le monde. Alors, je dois montrer à *tout le monde* que je peux affronter n'importe quoi. Même un écureuil terrifiant, méchant et intimidant.

Je sais que je peux le faire. C'est mon destin, après tout.

Pat a l'air nerveux, mais il ouvre la porte vitrée. Je me précipite et descends les marches. Je me dirige vers Broyeur.

— Salutations, écureuil, dis-je. Je suis le nouveau souverain du coin. Quitte ma pelouse et ne reviens jamais.

Broyeur l'écureuil me fixe de ses yeux méchants et luisants. Il sourit. Son haleine horrible sent encore plus mauvais que Pat.

— *Ta* pelouse? C'est MA pelouse. Et personne, surtout pas un petit chihuahua, ne va m'obliger à partir.

Sa voix est grinçante. Comme des griffes sur un tableau noir. Comme du papier sablé sur du métal. Un son MALÉFIQUE.

Moi aussi, je peux être maléfique.

— Tu n'es pas de taille à m'affronter, dis-je au terrible écureuil.

— Vraiment? réplique Broyeur en montrant ses dents pointues. Tu veux régner sur ce quartier? Rencontre tes futurs sujets!

Puis survient L'ATTAQUE.

CHAPITRE 5

Bombardement

Le premier gland frappe mon nez. Le deuxième m'atteint à l'oreille. Je me penche, mais un troisième arrive comme un boulet de canon.

Je pousse un cri :

— AAAAHHH!

Impossible de fuir!

— Comment osez-vous m'attaquer?

Les glands fusent dans toutes les directions.

31

Les écureuils les lancent du haut des arbres, de la clôture et même du toit!

Broyeur donne un coup de sa queue géante et éclate de rire.

— Ce quartier est à moi! crie-t-il.

Soudain, je comprends pourquoi Broyeur est si puissant.

Il n'est pas seulement un écureuil tyrannique et méchant. Il dirige sa propre *armée d'écureuils*.

Je pousse un hurlement de colère.

— AWOUUUH!

J'espère que ce terrible cri fera trembler Broyeur de frayeur.

TAC. Un autre gland me frappe le nez.

Je n'ai pas d'autre choix que de fuir.

— Vite, le nouveau! crie Pat de la porte arrière. Suis le son de ma voix!

Je peux à peine voir à travers la pluie de glands. Mais je suis la voix de Pat. Et son odeur.

— Par ici! crie-t-il.

Je suis presque arrivé. Puis, *BAM*. Un autre gland me renverse.

Soudain, tout devient noir. Une forme bloque le soleil. Une grosse voix s'écrie :

— Je l'ai!

Un ÉNORME nez me pousse vers la porte. Pat la referme derrière nous. Je lève les yeux vers mon sauveur.

— Bonjour, tonne le géant.

Subitement, devant mes futurs sujets et mes nouveaux ennemis écureuils, je m'évanouis.

CHAPITRE 6

Gros chien, petit chien

Des rêves m'emportent dans un tourbillon. Je vois un écureuil dominant le monde, *mon* monde. Puis une voix me parvient à travers mon cauchemar.

— Réveille-toi! tonne-t-elle.

— Ah! dis-je en sautant sur mes pattes.

— Bravo, Tsar! lance Pat. Tu l'as ramené à la vie.

Je lève les yeux. Un chien GÉANT me sourit.

— Je m'appelle Tsar. Je suis un lévrier russe. Je vis dans la maison voisine.

— Merci de m'avoir secouru, Tsar, dis-je.

Je veux impressionner ce nouveau chien. C'est difficile puisque l'armée d'écureuils est toujours dehors, en train de rigoler.

Le groupe d'écureuils s'écarte pour laisser passer Broyeur. Il s'avance vers la porte en souriant.

— Tu vas payer pour ça, lui dis-je.

J'essaie d'avoir l'air le plus menaçant possible. Mais ça ressemble plus à un coassement. Comme une grenouille enrhumée.

— Oooooh, j'ai peur, riposte Broyeur d'un ton qui démontre le contraire. Qu'est-ce qu'un petit animal comme toi pourrait bien me faire?

Mon poil se hérisse. Je ne sais pas quoi répondre.

Broyeur éclate de rire. Puis il franchit la clôture, suivi de son armée.

Mes oreilles retombent.

— Broyeur a vraiment eu le dessus sur toi, commente Pat.

— C'était juste notre première rencontre, dis-je pour essayer de me remonter le moral.

— Tu es sûr que ça va? Il t'a bombardé de glands, ajoute Pat.

— Je vais bien, dis-je.

Mais mes oreilles retombent un peu plus.

— Pat, laisse donc le nouveau tranquille, conseille Néo.

— Il t'a *vraiment* battu à plate couture, insiste Pat. Tu n'étais pas de taille devant lui. J'étais inquiet.

— Pat! lance Bébé.

Mes oreilles sont si basses qu'elles frôlent le plancher.

— Oh, pardon, dit Pat. Je ne voulais pas te rendre triste. Tu es capable! Vas-y, le nouveau!

— Merci, Pat Puant, dis-je en enfouissant ma tête dans mes pattes. Mais tu as raison. Je me trompais peut-être sur mon destin.

Tsar a l'air perplexe.

— Mon destin est de régner sur ce monde, dis-je. Ou du moins, c'est ce que je croyais.

— Ne te laisse pas abattre, le nouveau, ajoute Néo. On pourrait te montrer les meilleurs coins du jardin. Les écureuils sont tous partis, maintenant.

Je regarde dehors. Elle a raison. Ils sont partis, probablement pour aller effrayer d'autres animaux de compagnie.

Pat fait glisser la porte. Les odeurs du jardin nous parviennent. Ce serait agréable à explorer.

Je me lève. Je soulève une patte pour franchir le seuil.

Ma patte tremble.

— Je... je ne suis pas capable.

J'ai trop peur.

Comment pourrai-je conquérir le monde si je ne peux même pas aller dans le jardin?

Les autres essaient de m'encourager, mais rien ne peut me réconforter. Je reste couché dans la cuisine tout l'après-midi.

Soudain, la porte d'en avant s'ouvre et Lucie entre dans la maison.

— Bonjour, petit chien! Es-tu prêt à connaître ton nom?

Je ferme les yeux dans l'attente de mon terrible sort.

CHAPITRE 7

Un roi renaît

Elle me soulève sous un bras et pointe en avant de l'autre.

— Viens avec moi, dit-elle.

M. Chin, Mme Chin et Kévin la suivent.

— Bonne chance, le nouveau! lance Pat du bas de l'escalier.

Il est excité, mais je suis nerveux. Je ne crois pas que ça va bien se passer.

Lucie m'emmène dans sa chambre. Elle

est décorée de fleurs blanches et d'affiches d'animaux.

— J'ai eu l'idée ici, explique-t-elle.

Je n'ose pas regarder. Et si elle m'appelle « Tulipe » ou « Papillon » à cause de ses coussins fleuris et de ses affiches?

Mais alors...

Toc. Elle désigne une grande carte sur le mur. Une carte remplie de VOLCANS.

— Parfois, de grandes choses comme les volcans peuvent transformer tout un paysage. Mais parfois, les plus petites choses sont les plus puissantes. Un tout petit tison peut déclencher un énorme feu de forêt. Il est petit, mais puissant. Comme lui!

Lucie me pointe du doigt.

— *Tison!* s'exclame Mme Chin. C'est un nom parfait.

« Tison », me dis-je. Je sens l'espoir monter en moi.

— Humaine, tu as bien travaillé, dis-je en jappant. J'accepte cette destinée.

Je remue la queue.

— Il aime ça! s'écrie Lucie.

Mme Chin tape des mains et Kévin sourit.

— Bon, il s'appellera *Tison,* alors, déclare M. Chin.

— Tison le Champion, ajoute Lucie en me soulevant.

— Avec toi à mes côtés, je vais conquérir le monde, dis-je en lui léchant l'oreille.

— Je t'aime aussi, réplique-t-elle.

Elle m'emmène faire une promenade. Je reste près d'elle. Partout où je pose les yeux, je pense

voir une queue d'écureuil. Et des poubelles.

Mais bientôt, je régnerai sur ce royaume. Et alors, AUCUNE de ces choses ne sera permise.

Le soir, pendant le souper des humains, je retourne à mes plans. Il faut trouver un moyen de vaincre Broyeur la Terreur. Après son départ, rien ne m'empêchera d'atteindre mon but. Le monde sera à moi.

Lorsque les Chin vont dans le salon pour regarder la télé, je vais en haut retrouver Néo et Pat.

— J'ai un plan, leur dis-je. On va prendre leurs glands!

— Pourquoi? demande Néo.

— Les glands sont la source du pouvoir des écureuils. Alors, demain, on va les voler. Sans eux, les écureuils n'auront rien à nous lancer et Broyeur sera vaincu.

— C'est logique! s'exclame Néo.

— Toi, Néo, tu iras faire du repérage pour trouver leur cachette, dis-je. Quant à toi, Pat, tu distrairas les écureuils. Tsar et moi, on se cachera dans le jardin voisin. Pendant que les écureuils seront occupés, Néo nous conduira jusqu'aux glands et on s'en emparera.

— Que fera-t-on avec tous ces glands? demande Pat. Même *moi*, je ne peux pas en manger autant à la fois.

— Tsar et moi, on va s'en occuper. Avec sa taille et mon génie maléfique, *rien* ne pourra nous arrêter.

Néo et Pat trouvent que c'est un bon plan. Comment pourrait-il en être autrement? C'est moi qui l'ai échafaudé.

Tison le Champion.

Le Sombre Seigneur réincarné.

Rat-le-bol

L'après-midi suivant, nous sommes prêts à attaquer.

Néo survole le quartier à la recherche de la cachette de glands. Pat est devant la porte arrière. Tsar et moi sommes dans le jardin voisin et attendons le signal.

Les écureuils sont éparpillés dans le jardin. Broyeur les observe d'une haute branche.

Néo décrit des cercles dans les airs. Je suis inquiet. Et si elle ne trouve pas leur réserve?

Soudain, elle change de direction. Elle vole vers nous.

— Je l'ai trouvée! J'ai trouvé leur cachette!

— Excellent! dis-je. Donne le signal à Pat.

Elle se dirige vers la porte arrière.

— Vas-y, Pat!

Notre plan peut commencer.

— POUR KÉVINNNNN! crie Pat.

Puis il roule à l'extérieur.

Littéralement.

Je reste bouche bée. Pat était censé courir dans le jardin pour distraire les écureuils. Mais il fait encore mieux que ça : il est dans une grosse *boule* transparente. Et il est RAPIDE.

Il roule plus vite qu'une balle de tennis, plus vite que les troupes de Broyeur.

— Bravo, Pat! dis-je.

— Par ici! lance Néo en voltigeant vers les buissons derrière la maison.

Je la suis. Ou plutôt, je dirige et Tsar la suit. Parce que je ne suis pas seul. Je chevauche une puissante monture.

Une monture appelée Tsar.

Je sais que je peux conquérir le jardin avec

l'aide d'un lévrier russe géant.

Je regarde derrière moi tout en galopant vers Néo. Pat tourne en rond autour de Broyeur, qui donne des coups de queue par terre et ordonne à ses troupes de bombarder Pat. Mais les glands ne font que rebondir sur la boule transparente.

Je sens que la victoire est proche.

Néo nous conduit à travers le boisé derrière la maison. Au début, je ne vois rien d'autre que des feuilles. Puis je le vois!

Cet énorme tas de glands est le plus grand atout des écureuils. Sans lui, ils seront impuissants.

Tsar remplit son énorme gueule de glands.

— Allez, Tsar! Prends-en autant que tu peux! dis-je pour l'encourager.

Il court jusqu'au trou que nous avons creusé en bordure de la pelouse. Il recrache les glands dans le trou.

— On y retourne! Plus vite! dis-je sur son dos.

Ce plan ne peut pas échouer. Tsar va enterrer les glands, et les écureuils n'auront rien à nous lancer. On va gagner et...

— Scouic!

Un son nous fait sursauter.

C'est un rat. Un rat gardien. Il est caché sous un tas de feuilles près de la pile de glands.

Tsar se fige.

— C'est juste un rat, Tsar, lui dis-je. En avant!

— J'ai peur des rats, répond-il en reculant nerveusement.

— Il est tout petit. C'est pratiquement une souris! Tu pourrais l'écraser avec ta patte!

— Ses dents sont comme des AIGUILLES, réplique Tsar.

Les yeux du rat sont écarquillés de frayeur.

— Scouic? fait-il en regardant Tsar.

— Il a peur de *toi!* dis-je.

— Il va me *manger!* gémit Tsar.

Le rat fait un tout petit pas nerveux en avant.

— CHARGEZ! dis-je.

— On se replie! riposte Tsar.

Je suis certain que tu devines la suite.

CHAPITRE 9

Capture du fauteuil

Tsar et moi franchissons la porte de côté en même temps que Néo et Pat entrent par l'arrière. Je referme la porte.

— Avez-vous vu ça? s'écrie Pat en souriant et en gonflant son pelage. J'étais tellement rapide! Ces écureuils ne se sont doutés de rien! Et maintenant, on a tous leurs glands.

Tsar se cache le museau entre ses pattes.

— Heu, on a leurs glands, hein? demande Pat.

— Mon plan n'a pas fonctionné, dis-je. Il y a eu quelques pépins.

— Des pépins? On a failli MOURIR! s'écrie Tsar. Il y avait des rats! Des rats scélérats! J'ai peur des rats!

Il se couche sur le tapis et pose ses pattes sur ses yeux.

— Heu, Tsar, c'était juste un rat, dis-je. Je sais qu'il est un peu tard pour te demander ça, mais de quoi d'autre as-tu peur?

— Oh, seulement des souris, des araignées, des papillons de nuit, de l'aspirateur, du broyeur d'ordures, de...

Il continue, mais je ne l'écoute plus.

Il est temps de trouver un autre plan. Un plan qui ne dépendra pas de Tsar.

— Faisons une pause, dis-je. On se retrouvera cet après-midi.

Mais même le repos comporte des imprévus.

Quand M. Chin rentre à la maison et voit la saleté sur mon pelage, je suis *obligé* d'aller dans l'évier pour prendre un bain. Je ne veux rien dire de plus sur cette TERRIBLE épreuve.

Une fois sec, je m'enfuis de la cuisine. Je voudrais monter sur le canapé pour observer mon royaume, mais Mme Chin arrive en courant.

— Descends! Pas de chien sur les meubles!

— Attention, humaine! Quand je régnerai sur ce royaume, ce canapé sera à moi.

Elle répète :

— Descends!

Alors, je descends. On dirait que tout le monde est contre moi. Mais soudain...

— Pssst! fait Lucie. Viens ici, Tison!

Elle est installée sur le gros fauteuil pour faire ses devoirs. Elle tapote le siège.

Je bondis et lui lèche l'oreille. Ça la fait rire.

— Le monde sera à nous! dis-je. Je le sens!

— Bon chien, chuchote Lucie. Bien sûr que tu peux monter sur les meubles. C'est ta maison, à toi aussi. Mais reste à côté de moi pour que maman ne te voie pas. De plus, ta couleur s'harmonise avec celle du coussin. C'est parfait.

Lucie fait ses devoirs et je m'étends sur l'accoudoir, en faisant attention de ne pas me faire voir par Mme Chin. J'aperçois le quartier par la fenêtre. C'est un endroit étrange et effrayant. Mais je sais qu'il peut devenir autre chose. Il peut être *à moi*.

Je pense aux paroles de Lucie. C'est ma maison ici. Même ma couleur s'harmonise. Je passe inaperçu.

Je me redresse tout à coup.

J'AI TROUVÉ! JE SAIS QUOI FAIRE!

CHAPITRE 10

Mini-espionne

Je cours en haut et me précipite dans la chambre de M. et Mme Chin.

— Bébé, tu es la solution! dis-je en courant vers la fougère. Tu dois te charger d'une mission d'espionnage ultrasecrète. Es-tu d'accord?

— Absolument! répond Bébé en me faisant signe d'une feuille. J'ai toujours voulu réaliser une mission!

— La mission est simple. Néo va t'emmener à la maison où vit Broyeur. Elle te laissera devant la fenêtre de la chambre de Jimmy, son humain. Entre à l'intérieur et trouve un endroit pour te cacher et écouter. Néo fera des allers et retours pour nous répéter ce que tu as entendu.

— Ce sera amusant! s'écrie Bébé.

Nous attendons le lendemain matin. Dès que tout le monde est parti à l'école et au travail, nous passons à l'action.

Néo et Bébé volent vers la maison de Jimmy pendant que Pat et moi attendons dans la chambre de Lucie.

— Tu as de très bons plans, Tison, remarque Pat.

— Merci. J'ai longtemps réfléchi à la domination mondiale quand j'étais au refuge.

C'est pour ça que je veux conquérir le monde. Ainsi, PERSONNE ne pourra plus jamais m'emprisonner.

— Ça devait être difficile, dit Pat.

— Oui. Mais ils ne pouvaient pas me garder là éternellement.

— Heureusement. Maintenant, tu nous as! Et nous, on t'a!

Je n'avais pas réfléchi à ça. Pat a raison. Mes sujets dans ce royaume sont en train de devenir des amis. Je ne sais pas quoi dire.

— M-merci, Pat Puant, finis-je par répondre. Je suis honoré d'être un Chin.

Nous restons silencieux un moment.

Soudain, nous sursautons. Une voix s'élève derrière la fenêtre.

— À l'aide! À l'aide! C'est Lucie! gazouille Néo.

— Quoi? dis-je.

— Jimmy l'a vue marcher devant sa maison en allant à l'école. Il a pris ses livres de sciences et il se moque d'elle. Il la fait *pleurer*.

Je m'écrie aussitôt :

— LUCIE EST EN DANGER!

— Attends, Tison! lance Néo du bord de la fenêtre. Il nous faut un plan!

Mais je dévale déjà l'escalier vers la porte avant. Je l'ouvre avec mon museau. Je dois aller retrouver Lucie.

— Non, Tison! s'écrie Pat du haut des marches.

— Non! Vilain chien! crie M. Chin en sortant de la cuisine.

Il se lance à ma poursuite. Mais je suis trop rapide pour lui!

Je sors dehors et descends les marches.

Puis je m'arrête. Le trottoir est plus effrayant que le jardin. Qui sait quels dangers me guettent? Mais je dois y aller. Lucie a besoin de moi!

Je cours dans la rue et me retrouve face à

face avec... UNE POUBELLE. Mes poils se hérissent. Mais non, Lucie a besoin de moi!

Je contourne la poubelle.

Tout autour de moi, je vois des choses terrifiantes. Je sais que des écureuils, des étrangers ou des poubelles peuvent sauter sur moi à tout moment.

Mais je ne pense qu'à Lucie, au fait qu'elle doit se sentir seule et effrayée.

— Par ici! crie Néo qui vole au-dessus de moi. C'est la rue suivante.

Elle me conduit vers la maison de Jimmy, là où Broyeur et d'autres menaces m'attendent.

CHAPITRE 11

Tison s'enflamme

Je prends le virage et j'aperçois Jimmy à côté de Lucie.

Il est grand et menaçant, comme Broyeur. Il n'a pas les dents aussi pointues que son écureuil, mais c'est tout comme.

Il sourit en brandissant les livres de Lucie au-dessus de sa tête.

Et Lucie, *ma* Lucie, tend la main vers ses livres, les joues couvertes de larmes.

Elle ne sait pas quoi dire ni quoi faire.

Mais *moi*, je le sais.

Je me mets à aboyer de ma voix la plus menaçante :

— ÉLOIGNE-TOI D'ELLE!

Je saute sur les chaussures de Jimmy, peu importe qu'elles soient grosses et lourdes. Je commence à les déchirer avec mes griffes.

— Tremble de peur! Tu vas le regretter! dis-je.

Je mords ses lacets.

— Aaaah! Ôte ce chien de là! crie Jimmy en secouant son pied.

Mais je tiens bon.

— MALHEUR À TOI! dis-je en grognant, le poil hérissé.

Il secoue de nouveau son pied. J'ai du mal à maintenir ma prise. Un autre coup de pied, et il va m'envoyer voler dans les airs.

— LAISSE-LE TRANQUILLE! lance une GROSSE voix.

Une voix forte. Une voix ferme. LA VOIX DE LUCIE.

— Laisse mon chien tranquille, Jimmy.

Lucie s'avance, toutes ses peurs oubliées.

— Lâche mon chien et redonne-moi mes livres. Sinon, je vais le dire à tes parents et tu seras puni pour le reste de ta vie. Compris?

Elle pointe son index dans sa figure.

C'est maintenant au tour de *Jimmy* d'avoir peur.

Lucie est toujours Lucie, mais elle a l'air plus imposante. Sa confiance l'enflamme. Comme une étincelle. Comme un tison.

Personne ne peut lui résister.

— P-p-pardon, balbutie Jimmy.

Il pose son pied sur le sol et lui redonne ses livres.

Je sens des mains me soulever délicatement de la chaussure de Jimmy.

— Partons, Tison, déclare Lucie de sa nouvelle voix pleine d'assurance.

Nous rentrons à la maison ensemble. Moi, Tison, futur souverain de ce royaume. Et Lucie, une autre future dirigeante de ce monde.

— Ensuite, on s'attaquera à Broyeur, dis-je. Et après Broyeur, AU RESTE DU MONDE.

Je sais qu'avec Lucie à mes côtés, je peux *tout* faire.

CHAPITRE 12

Patrouille animale

Lucie me ramène à la maison et repart à l'école.

— Vilain chien qui s'est sauvé! dit M. Chin. Mais aussi, bon chien qui a protégé Lucie. Très bon chien!

Pour une fois, je le laisse me gratter les oreilles. Je me couche même sur le dos pour qu'il puisse me caresser le ventre.

Ces humains ne sont peut-être pas si mal, finalement. Je monte rejoindre Pat.

— C'était INCROYABLE, Tison! Tu as sauvé Lucie!

— Merci.

— Que va-t-on faire pour Broyeur? Jimmy est vaincu, mais Broyeur est toujours là avec ses glands.

— Je ne sais pas, dis-je. Mais avec des amis comme vous à mes côtés, la victoire est assurée.

Au même moment, Néo entre par la fenêtre, Bébé sur son dos.

— Hé! L'espionnage, c'est tellement AMUSANT! dit Bébé.

— Je suis content que ça t'ait plu, loyal insecte, dis-je.

— Oui, et j'ai appris PLEIN de choses à propos de Broyeur pendant que Jimmy était dehors, poursuit Bébé en agitant les pattes. Il s'ennuie de la forêt! Il n'aime pas être l'animal de Jimmy. Saviez-vous que la forêt est remplie d'écureuils? Et qu'ils passent leurs journées à jouer? Ils n'ont besoin d'intimider personne, parce qu'il y a des glands PARTOUT, assez pour tout le monde.

— BÉBÉ! dis-je. Tu es une formidable espionne. Tu nous as SAUVÉS!

— Youpi! réplique Bébé. Sauvés de quoi?

Je suis trop occupé à planifier pour répondre.

Nous n'avons pas longtemps à attendre. Quand Mme Chin rentre à la maison, nous passons à l'action. Néo vole en cercles dans la maison, en gazouillant bruyamment. Pendant que les Chin essaient de l'attraper, Pat et moi sortons le téléphone de Mme Chin de son sac à main.

Nous le cachons sous le canapé jusqu'à ce que M. et Mme Chin aillent chercher Lucie à l'école. Ils veulent parler d'intimidation avec le directeur. Ensuite, ils vont aller manger de la crème glacée.

Quand ils sont partis, nous sortons le téléphone. Après quelques essais, nous parvenons à envoyer un message texte à la patrouille animale, avec l'aide de Néo pour l'orthographe.

Patrouille animale

Écureuil en manque de forêt
Envoyez aide au
222 rue Dujardin
Demandez Broyeur

ENVOYER

Une heure plus tard, nous nous rassemblons dans le jardin. Nous voyons des humains en uniforme arriver. Ils repartent en transportant un gros écureuil ravi.

Je fais un signe de la patte et Broyeur me répond. Nous avons été ennemis, mais à présent, nous nous disons au revoir. Je suis heureux pour lui.

— On a gagné! s'écrie Pat en faisant des culbutes dans l'herbe lorsque la fourgonnette est partie. Je n'ai jamais gagné avant! On devrait célébrer. Qu'est-ce qu'on mange?

— Oui, on a gagné, dis-je. Merci à vous tous. Vous serez récompensés.

Je souris à mes sujets, mes nouveaux amis.

Cette victoire aurait pu suffire.

Mais la soirée m'en réserve une autre.

Ce soir-là, je ne dors pas dans mon petit lit, dans la cuisine. Je dors dans un vrai lit. Dans une chambre remplie d'affiches, de cartes et d'images de volcans.

Je suis roulé en boule à côté de Lucie. À ma place.

Pendant mon sommeil, je rêve de domination mondiale.

Qui va commencer dès le lendemain.

Prochaine étape : le monde

Le lendemain, j'inspecte la maison, mon nouveau royaume.

C'est la fin de semaine, donc les Chin sont à la maison. Pat roule dans sa boule et Néo est sur son perchoir, au rez-de-chaussée.

Je suis assis sur le canapé et les observe. Je vais régner sur cet endroit. Rien ne m'en empêchera.

— Lucie, viens à l'ordinateur! crie Mme Chin de la cuisine. C'est Poh Poh!

— Poh Poh est la grand-mère de Lucie, explique Néo.

— J'arrive! s'écrie Lucie en courant vers la cuisine.

Je la suis, curieux. Pat Puant roule à ma suite et Néo vole derrière nous.

Poh Poh est une version plus vieille de Lucie, avec des cheveux blancs. Elle sourit gentiment et agite la main.

— Je vais vous rendre visite la semaine prochaine!

— Youpi! s'exclame Lucie.

— Oh, oh! disent Néo et Pat.

— Qu'y a-t-il? dis-je, surpris.

Avant qu'ils puissent répondre, un nouveau visage apparaît à l'écran.

C'est un caniche gris avec des yeux énormes et méchants.

— MALHEUR À VOUS! déclare le caniche.

— C'est Flocon, le chien de Poh Poh, chuchote Néo. Il l'accompagne toujours quand elle vient.

— Est-ce qu'il veut dominer le monde, lui aussi? dis-je d'un ton inquiet.

— Non, répond Pat à voix basse. Il veut le *détruire*.

Susan Tan vit à Cambridge, au Massachusetts. Elle a grandi avec plusieurs petits chiens qui voulaient tous dominer le monde. Susan est l'auteure de la série *Cilla Lee-Jenkins* et de *Ghosts, Toast, and Other Hazards*. Elle aime le tricot et le crochet, et caresse chaque chien qui le lui permet. *Complot d'animaux* est sa première série de romans pour lecteurs débutants.

Wendy Tan Shiau Wei est une illustratrice sino-malaisienne vivant à Kuala Lumpur, en Malaisie. Ces dernières années, elle a contribué à de nombreuses animations et publicités. Sa passion pour les histoires l'a poussée vers une nouvelle voie : l'illustration de livres jeunesse. Quand elle ne dessine pas, Wendy passe son temps à jouer avec Lucky, son chien croisé provenant d'un refuge. Pour illustrer ce livre, elle s'est inspirée de l'amour qu'elle porte à son chien.

Complot D'ANIMAUX

Mon royaume obscur

Questions et activités

Cherche la définition du mot *laquais*. Pourquoi Tison traite-t-il les humains de laquais? Qu'est-ce que cela t'indique sur son projet de dominer le monde?

Pourquoi Tison déteste-t-il le nom *Choupi*? Et pourquoi Lucie décide-t-elle de l'appeler *Tison*?

Qui sont les trois autres animaux qui vivent dans la maison des Chin? Que pense Tison de ces animaux?

Quel est le plan de Tison pour détruire la réserve de glands? Pourquoi son plan ne fonctionne-t-il pas?

Tison dit que la maison des Chin est son *royaume*. Dessine une carte de cette maison comme si *tu* étais Tison, et donne un nom à chaque pièce. Par exemple, comment appellerais-tu la cuisine ou la chambre de Lucie?